I0686587

LETTRE
DE M ***
A

M. L'ABBÉ **

Professeur de Philosophie en
l'Université de Paris.

Sur la nécessité & la manière de faire
entrer un Cours de Morale dans
l'éducation publique.

A PARIS,

Chez Durand le jeune, Libraire, rue du Foin.

M. DCC. LXII.

LETTRE

DE M***

A

M. L'ABBÉ **

Professeur de Philosophie en l'Université de Paris.

Sur la nécessité & la manière de faire entrer un Cours de Morale dans l'éducation publique.

VOS instances pressantes, mon cher Ami, & le zéle actif avec lequel la Cour travaille au bien public, & particuliérement à purifier & à rendre plus abondante la source

A

du bien public, c'eſt-à-dire, l'é-
ducation, m'engagent à vous faire part de quelques réfléxions que
j'ai faites à l'occaſion d'un manuſ-
crit qui m'eſt tombé entre les
mains.

Cet ouvrage a pour titre le
Droit Public de la France. L'Auteur célébre qui l'a compoſé a eu
principalement la jeuneſſe en vue
dans ſes recherches laborieuſes
ſur cette matière. Je voyois déjà
bien par ſes plans d'études qu'il
en avoit fait grand uſage dans l'é-
ducation importante dont il avoit
été chargé, & que ce morceau
précieux avoit reçu des éloges des
grands hommes qui partageoient
avec lui cette honorable fonction,

Mais je n'ai pas plutôt jetté les
yeux ſur l'ouvrage même que j'ai
été frappé de l'utilité ineſtimable

que la jeuneſſe Françoiſe pouvoit
en retirer. Vous en jugerez vous
même par l'expoſé rapide & ſuc-
cint que je vous en trace ici.

L'Auteur, après avoir donné
une idée des différentes eſpeces
de Droits ; de la puiſſance Publique ; des trois Etats du Royaume,
le Clergé, la Nobleſſe, le Tiers-
Etat ; des Loix en général, dont
il fait voir les ſources, la vigueur
& la fin ; des Officiers en général
où il examine la ſource, la nature, les eſpeces, & la fin des Offi-
ces & Commiſſions ; l'Auteur,
dis-je, traite en particulier de la
Juſtice, de la Police, des Finances, & de la Guerre.

Sous le premier titre, on voit
l'origine des différentes Juſtices ;
l'établiſſement des Juges Royaux ;
des Cours Souveraines ; des Juriſ-

[4]

dictions extraordinaires ; des Ju-
rifdictions nouvelles ; des Jurif-
dictions par commiſſion ; la Ju-
rifdiction en général ; les Officiers
de Juſtice ; les Sceaux & Chan-
celleries.

Sous le ſecond titre, l'Auteur
ſuit l'origine, le progrès & l'état
actuel de la Police. Cette partie
a deux grands objets : la ſubſiſtan-
ce, & les bonnes mœurs. La ſub-
ſiſtance embraſſe les vivres, les
boiſſons, les habits, le chauffage,
les bâtimens, tout ce qui eſt néceſſaire à la ſanté ; les métiers, les
meſures, le commerce intérieur,
les chemins & les rivieres.

La police des mœurs comprend
la Religion, la ſureté & l'honnê-
teté publiques. Il eſt parlé enſuite
des Officiers de Police, & des Po-
lices particulieres. Ce dernier ob-

jet donne lieu à trois petits traités ; l'un des Monnoies ; l'autre de
la Marine ; le troisiéme des Eaux
& Forests.

Sous le titre de Finances, l'Auteur considére , 1°. les diverses na-
tures des fonds & les sources d'où
viennent les deniers. 2°. L'administration , qui consiste dans la re-
cette & la manière de les percevoir ; dans la dépense & la manière de les employer ; par quels Officiers & en quelle forme. 3°. La
Jurisdiction , pour juger les diffé-
rens qui arrivent à cause de cette
administration.

Sous le titre de Guerre, l'Auteur propose les régles de la Guerre , qu'il rapporte à cinq chefs.
1°. Pour quel sujet on peut faire
la guerre. 2°. Qui peut la faire.
3°. Par quels moyens. 4°. Com-

ment il en doit ufer. 5°. Comment elle finit.

Voilà, mon cher ami, une efquiffe fidéle d'un ouvrage qui eft fait avec autant de folidité que de précifion. Ce n'eft point un fyftême, ni un plan de réforme ; l'Auteur ne fe montre nulle part ; il ne parle que d'après la Loi naturelle, les Edits, les Ordonnances, les Déclarations & les Réglemens. C'eft le tableau jufte & bien ordonné de ce qui fe fait en France. Le ftile eft, d'un bout à l'autre, le ftile de la Loi. Il n'y a ni phrafes, ni mots inutiles ; tout y fait maxime, tout y porte l'empreinte de l'autorité.

Vous fentez, fans doute, à ce premier coup de crayon, quel avantage la Nation retireroit d'un tel ouvrage, s'il entroit dans l'é-

ducation publique & particuliere.
On saisiroit avec avidité un livre
qui ne présente que des choses
vraiment utiles , & d'un usage
continuel dans le commerce du
monde. On admireroit la sagesse
& le bel ordre qui régnent dans
toutes les parties du Gouvernement, où rien ne se fait au hazard ;
& cette admiration , loin d'être
stérile , inspireroit aux jeunes
François du zéle pour leur Patrie ;
elle en feroit des citoyens attachés
par amour au Gouvernement sous
lequel le Ciel les a fait naître ; ils
s'accoutumeroient à respecter de
bonne heure ceux qui sont , dans
leur état, dépositaires d'une por-
tion de l'autorité publique , & à
ne concevoir que de l'horreur pour
ceux qui oseroient en troubler
l'harmonie. En voyant toutes les

claſſes de ſes concitoyens occupées
du bonheur général & de ſon bonheur particulier, l'homme s'éléve-
roit au-deſſus de lui-même. La reconnoiſſance, ce ſentiment noble
& doux d'une ame bien née, feroit
déſirer à la jeuneſſe de remplir un
jour l'un de ces états qui font la
baſe de la ſociété : toutes ces char-
ges, toutes ces commiſſions dont
elle liroit l'origine, le progrès, les
devoirs, & la deſtination feroient
comme une amorce préparée à la
nature qui ſe décideroit d'elle-
même pour une profeſſion toujours honorable, quand elle con-
tribue au bien public. Heureux
préſage pour les peuples ! La jeuneſſe entreroit en charge avec connoiſſance de cauſe, elle ne s'y re-
garderoit pas comme un individu
iſolé, qui rapporte tout à ſon bien:

être. Elle y porteroit l'efprit de fubordination, qui eft la fauve-garde des Loix & du bon ordre, étant accoutumée à diftinguer les droits & les bornes de chaque Office ou Commiffion. Ainfi avant même de fortir du Collége, elle auroit un but fixe & déterminé qui deviendroit peu à peu le centre de fes études, & le paffage du Collége à une charge ne feroit point l'écueil de la jeuneffe, comme nous en fommes convaincus tous les jours par une trifte expérience.

» Quelles font en effet les pen-» fées d'un enfant de famille qui » fort du Collége, difoit M. l'Ab-» bé Fleury dès 1675 ? De fe di-» vertir & de faire des connoiffan-» ces, & s'il a pris goût aux étu-» des, de fuivre fa curiofité. Il

» ne se met point en peine
» comment il subsiste , d'où
» lui vient de quoi se nourrir ,
» s'habiller , & tout le reste.
» Il regarde seulement com-
» ment vivent les autres jeunes
» gens de sa condition & ne veut
» pas se passer à moins , ni man-
» quer d'argent pour jouer ou sa-
» tisfaire à d'autres passions. Ce-
» pendant il se remplit l'imagina-
» tion de Comédies, de Romans,
» de Musique ; ou s'il n'a pas d'es-
» prit , il se borne à des plaisirs
» plus grossiers. Il faut qu'il arri-
» ve quelque grand changement
» dans sa fortune, la mort d'un
» pere, une grande succession à
» recueillir, un grand procès, un
» mariage , une charge dont il
» se trouve revêtu , pour lui
» faire ouvrir les yeux & s'ap-

» percevoir qu'il y a des affaires
» dans le monde, & qu'il y a des
» soins qui le regardent aussi bien
» que les autres hommes. Je sais
» bien (ajoute cet Ecrivain judi-
» cieux) qu'il y a en cela beau-
» coup du naturel de la jeunesse,
» qui est poussée au plaisir par des
» passions violentes ; & n'a pas as-
» sez d'expérience pour faire cas
» des choses utiles. Mais c'est pour
» cela même qu'il faut aider la
» jeunesse & la retenir. . . . Les
» jeunes gens n'aimeront jamais
» le travail ni les affaires, il est
» vrai ; mais du moins il faut tâ-
» cher, en les y préparant de bon-
» ne heure, de faire qu'elles ne
» leur paroissent pas si améres ni si
» pesantes quand ils viendront à
» l'âge de s'y appliquer tout de
» bon «. C'est à quoi serviroit mer-

veilleusement l'étude du droit
public de la France. Jettez encore les yeux sur l'analyse que je
vous en présente pour en être con-
vaincu.

La forme de cet ouvrage,
est, on ne peut pas plus favo-
rable aux Maîtres & aux disciples. Pour peu que les premiers
voulussent se donner la peine de
s'instruire sur chaque matière, il
ne leur seroit pas difficile d'y pa-
roître bien versés : les Disciples
obligés de rapporter l'explication
du Maître & de la travailler chez
eux, en retrouveroient le sujet
dans leur livre qui seroit pour
eux comme un Canevas à remplir ; & qui empêcheroit qu'ils
rendissent un compte public de
cette étude à la fin de l'année ?
N'entendroit-on pas ces matiè-

rés intéreffantes avec plus de plai-
fir & de fruit que ces difputes
vaines de Logique, de Métaphy-
fique enveloppées fous une forme barbare, & dont le moindre
défaut eft de faire perdre le temps
préfent & d'être abfolument inutile en tout temps?

Pour affurer encore plus le
bonheur de l'Etat, je dirai même le bonheur de l'humanité, je
vais plus loin. On néglige entiérement la Morale dans nos Ecoles : la Morale fi digne de l'homme ! cette étude fans laquelle
nous ne pouvons être véritable-
ment heureux, cette fcience fi
intéreffante pour la fociété!

» Tous les hommes ne font
» pas obligés, » difoit encore M.
Fleury en 1675, « d'avoir de l'ef-
» prit, d'être favans ou habiles dans

» les affaires, de réussir dans quel-
» que profession ; mais il n'y a
» personne de quelque sexe & de
» quelque condition qu'il soit, qui
» ne soit obligé à bien vivre. On
» ne peut donc y travailler de
» trop bonne heure. » Or on est
obligé à bien vivre avec les autres hommes, avec soi-même,
avec Dieu ; ce qui emporte toute la Morale prise dans sa plus
grande étendue. Frappé de cette obligation indispensable en
tous temps, en tous lieux, &
avec toutes sortes de personnes,
je m'étois autrefois appliqué
particuliérement à cette partie
dans un cours de Philosophie que
j'avois essayé de tracer suivant
l'ordre que prescrit la Nature.
Voici de quelle manière j'y pro-
cede en passant par dégrès de

qui eſt plus connu , à ce qui l'eſt moins. Il eſt bon de vous prévenir que ceci n'eſt point un ouvrage fait, mais un plan deſſiné à gros traits.

Je pars d'un principe évident que l'expérience démontre à tous les hommes dès le berceau. C'eſt le beſoin univerſel dans lequel nous venons tous au monde , & l'impuiſſance générale d'y ſatisfaire par nous mêmes ; d'où je conclus qu'il nous faut recevoir d'autrui tous les ſecours dont nous avons beſoin. Ce principe & cette conſéquence ſont la baze de toute la Morale.

Je m'arrête d'abord au principe : j'examine les principaux beſoins auxquels nous ſommes ſujets : & ce ſont autant de liens par leſquels nous tenons à la ſo

ciété. 1. Befoins du corps , 2.
Befoins de l'efprit , 3. Befoins du
cœur , 4. Befoins de protection,
5. Befoin d'un état , 6. Befoin
de fe connoître. Ce dernier n'eft
au fond que la recapitulation ou
plutôt des réfléxions fur les befoins précédens. Ces réfléxions
nous devoilent les ténébres & les
lumières de notre efprit , la droi-
ture & la corruption du cœur
humain ; c'eft-à-dire la grandeur
& la mifere de l'homme : enfin
elles nous découvrent des befoins
d'un ordre tout différent des précédens. J'en parcours les efpéces
& ce font autant de chaînes qui
lient étroitement l'homme à
Dieu. 1. Befoin de création , 2.
Befoin de confervation, 3. Befoin de redemption, 4. Befoin
d'une regle éternelle & immua-
ble,

ble, c'eft-à-dire d'une Réligion.
5. Befoin d'une autorité vifible,
qui foit dans l'ordre fpirituel, ce
que font les Magiftrats dans l'ordre temporel, 6. Befoin d'un bonheur parfait & inaltérable.

De cette divifion générale je
paffe aux divifions particulieres
de chaque article ; aux differens
befoins du corps, par exemple:
j'examine par qui & comment
chaque efpéce de befoins eft rem-
plie : ici, s'il s'agit des befoins
du corps, je trace une idée générale des travaux de la cam-
pagne, des métiers, des arts mé-
chaniques, & du commerce.

S'il s'agit des befoins de l'efprit, une idée générale des arts
libéraux, des fciences, des différentes parties des belles lettres,
& des hommes qui y ont excellé.

B

S'il s'agit du cœur, une idée générale de son histoire ; c'est-à-dire de toutes les passions, bonnes & mauvaises, dont la source principale est l'amour de soi-même, qui se métamorphose en mille manières selon les âges, les conditions & les circonstances : de ces passions on verra sortir la chaine des vices & des vertus, ces dernières former, comme la ligne des Géometres, une longueur sans largeur dont l'honnête-homme ne doit point s'écarter.

S'il s'agit du besoin de protection, nous en trouverons l'origine dans les passions ; nous verrons quelle barriere les loix leur opposent, & c'est le lieu de placer les principes fondamentaux du droit naturel, du droit civil, du droit public du Royaume, &c.

S'il s'agit du besoin d'un état,
on donnera une idée générale
des differentes professions que l'on
peut remplir dans la vie civile,
& de leurs principales obligations;
ceci est d'une grande conséquen-
ce pour la jeunesse, qui, faute
de cette connoissance, se perd,
en attendant que le hazard lui
donne un état fixe. J'observe
exactement de mettre chaque
chose sous la subdivision qui lui
est propre & suivant son dégré
d'utilité, distinguant ce qui est
nécessaire d'avec ce qui n'est que
commode, accessoire ou de pur
agrément.

Je viens ensuite à la consé-
quence du principe : nous recevons d'autrui tout ce dont nous
avons besoin pour le corps, pour

l'efprit, pour le cœur, pour la protection ; ainfi nous devons tenir compte de ces bienfaits à la fociété qui attend de nous la pareille ou l'équivalent, & c'eft delà que je conclus la néceffité de prendre un état.

Tous les hommes font donc obligés de fe réunir & de fe diftribuer en autant de claffes que nous éprouvons de befoins, pour donner & recevoir les mêmes fecours ou l'équivalent. Ce commerce mutuel & non interrompu de bienfaits réciproques, entraine une reconnoiffance néceffaire & réciproque, reconnoiffance active qui eft la fource des devoirs de l'homme en fociété ; ces devoirs feront diftribués felon leur nature fous l'article particulier du befoin qui en eft la caufe premiere.

Et ne dites pas que vous donnez de l'or & de l'argent à la fociété en échange de fes bienfaits;
» ingrat , vous répondra -t- elle ,
» reprenez votre or & votre argent
» & rendez-moi mes bienfaits;ta-
» chez de convertir vos richeffes
» en pain, en habits, en maifons,
» &c. Je peux bien me paffer de
» vous; mais vous ne pouvez vous
» paffer de moi.» Le falaire ne nous
acquitte donc point entiérement
envers elle. En voulez-vous une
autre preuve? confiderez par combien de mains les matières paffent
depuis leur premier état , jufqu'à
leur dernier dégré de perfection,
ce que je fais dans la Phyfique,
& vous jugerez fi l'argent que
vous donnez en eft un jufte
équivalent. Cette reconnoiffance n'eft donc pas de furérogation;

elle eft de droit. C'eft la fource d'où dérivent naturellement les vertus domeftiques ,
civiles , humaines & politiques ,
qui uniffent les familles , les amis,
les concitoyens , les Rois avec
les Sujets , les Sujets avec les
Rois & tous les hommes entr'eux.

Mais la reconnoiffance ne fe
doit point à tous au même dégré ; il fera aifé de l'apprécier
fuivant cette regle que la Nature
dicte elle-même: toute reconnoiffance fe mefure particuliérement
fur l'étendue du bienfait , comme
le bienfait s'eftime par la nature
& les circonftances du befoin. En
appliquant cette regle à toutes les
efpeces de bienfaits que nous
recevons de la fociété , nous fe-
rons en état de graduer l'échel-
le de la reconnoiffance.

La fin principale de l'homme
en cherchant à remplir ses besoins & à se rendre utile aux autres en reconnoissance de leurs
bienfaits ; c'est sa conservation &
son bien-être, c'est-à-dire son
bonheur. En jouit-il pleinement?
L'homme n'a-t-il plus rien à de-
sirer du côté du corps, du côté
de l'esprit, du côté du cœur, du
côté des loix qui le protégent,
du côté de l'état qu'il a choisi,
& même du côté des vertus humaines qu'il met en pratique?
C'est ce que j'examine en lui mon-
trant les bornes, l'insuffisance,
& l'imperfection de toutes ces
choses par leur nature & par leur
usage ; & en lui découvrant des
besoins d'un ordre surnaturel que
rien de tout ce qui est sur la
terre ne peut remplir. Je l'ame-

ne ainſi à la connoiſſance des hommes & à la connoiſſance de lui-même.

J'entre dans le détail des beſoins dans l'ordre ſurnaturel, qui ſont ceux dont l'homme a une connoiſſance moins diſtincte. Après avoir raiſonné de leur nature, & de la manière dont ils ſont remplis, j'appuye ſortement ſur cette conſéquence qu'il n'y a qu'un Etre infini, infiniment parfait, infiniment bienfaiſant, qui ait pu tout créer & ſurtout l'homme, la plus parfaite des créatures viſibles ; qu'il n'y a que cet Etre ſeul qui ait pu racheter l'homme trop foible & trop criminel pour appaiſer la colere d'un Dieu juſtement irrité ; que cet Etre ſeul a pu lui tracer la route du vrai bonheur en lui donnant une Religion
dont

dont la grandeur paroît dans sa
perpétuité, dans ses dogmes, dans
sa morale & dans ses promesses;en
établissant sur la terre un gouvernement spirituel , dont l'ordre est
admirable & dont l'autorité, infail-
lible en matière de Foi, se fait respecter jusqu'aux extrémités du
monde ; enfin en se donnant lui-
même pour récompense à l'homme dont il est seul le souverain
bien.

Or de tels bienfaits sont pro-
portionnés à nos besoins dans l'ordre surnaturel , puisque des besoins de cette nature surpassent infiniment toute puissance humaine.
Notre reconnoissance envers l'E-
tre infiniment bienfaisant doit
donc être infinie,puisque les bienfaits de cet Etre sont inestimables.
Une telle reconnoissance ne peut

C

se manifester que par un amour infini, & une soumission aveugle
à la volonté de l'Etre infiniment
bienfaisant, dès qu'elle nous est
certainement connue. L'amour
infini est donc le seul culte digne
de Dieu, selon ces paroles de St.
Augustin : *Deus non colitur ni-*
si amando. Le cœur est le siége
de l'amour, ce culte sera parcon-
séquent intérieur;mais cet amour
étant infini, non seulement il doit
remplir & pénétrer notre cœur,
il doit encore se manifester au
dehors par des signes extérieurs,
se répandre autour de nous, em-
brasser dans son activité tous les
objets qui nous environnent, &
porter notre cœur sur ses ailes de
feu jusques dans le sein de J. C,
notre Pontife éternel. C'est ce
que j'appelle culte extérieur, qui

n'eſt, comme on le voit, qu'une extenſion néceſſaire du culte intérieur. Ainſi je fais voir que toutes les vertus Chrétiennes, dans la pratique deſquelles conſiſte l'un & l'autre culte, ſont une ſuite néceſſaire de la reconnoiſſance infinie que nous devons à l'Etre infiniment bienfaiſant.

Tels ſont, cher Ami, les premiers linéamens de ce corps de Morale. J'y fais ſuccéder l'étude de l'Hiſtoire ſacrée & profane, que j'appellerois volontiers Morale expérimentale: elle eſt très-propre à affermir dans les principes de Morale, en obſervant de rapporter à quelqu'une des diviſions particulières de la Science des mœurs toutes les matières de l'Hiſtoire qui en ſeront ſuſceptibles. Peut-être même feroit-on

bien de joindre à chaque fubdivi-
fion les traits d'Hiftoire les plus
frappans & les mieux affort s.

Je vous laiffe à penfer quelles
lumières, quelle folidité l'efprit
& le cœur acquereroient, s'ils
étoient formés de bonne heure fur
de tels principes de mœurs bien
liés; & combien le Gouvernement
& l'humanité entiére y gagne-
roient. La bienveillance univer-
felle, l'amour du bien public &
de la Patrie, l'obligation étroite
que l'on contracte en prenant un
état, toutes chofes dont les jeunes gens connoiffent à peine les
noms, ou qu'ils tournent en ridi-
cule, faute de les bien connoître,
deviendroient pour eux des chofes facrées; la Religion dont ils
perdent fitôt l'idée, parce qu'ils
ne connoiffent pas tous les rap-

ports de l'homme avec Dieu, feroit profondément gravée dans
leur cœur. Ils feroient rougir, à
leur tour, les libertins, les mé-
chans & les impies. Ils porteroient
dans le monde une infinité de belles connoiffances qui font d'ufage, mais dont l'ignorance les
rend ftupides ou impertinens dans
les bonnes compagnies. Ils ne re-
chercheroient que la fociété des
honnêtes gens, & ceux-ci les trou-
veroient bientôt dignes de leur
eftime, de leur amitié & de leur
confiance. Ils arriveroient en charge avec cette expérience que la
plûpart n'ont point aujourd'hui,
même après un long exercice: ils
y feroient honorés, parce qu'ils
fauroient honorer les autres &
s'honorer eux-mêmes. Les Maîtres qui auroient jetté dans ces

ames encore tendres les femences du bonheur public, feroient-ils infenfibles aux éloges dont la fociété adouciroit leurs travaux, & aux applaudiffemens mérités, qu'on donneroit à leurs éléves, qui conferveroient pour eux les fentimens d'une tendre amitié & d'une vive reconnoiffance ?

Voilà ce qui me fait défirer de voir expliquer dans nos écoles un corps complet de Morale formé fur ce plan, ou fur tel autre qu'on jugeroit à propos d'y fubftituer. Je fais par l'expérience que j'en ai faite *, & que j'en fais encore

_____

J'en avois conçu le deffein pour un jeune homme fur lequel il a produit un effet furprenant. Né d'ailleurs avec d'excellentes qualités de cœur & d'efprit, il avoit conçu pour le Prince, pour la Patrie, pour tous les Ordres de l'Etat & pour fes Concitoyens, un amour, j'ai prefque dit une tendreffe

tous les jours fur de jeunes enfans, que cette matière diftribuée
comme vous venez de le voir eft
à la portée de tous les âges & de
tous les efprits.

Si l'on dit qu'en développant
ce plan avec quelqu'étendue,
cette étude feule feroit très-lon-
gue : je répondrai :

Que cette morale & les autres
parties de la Philofophie, peu-

réfléchie ; fa piété étoit inébranlable parce
qu'elle étoit fondée fur des principes dont
l'évidence & la liaifon avoit porté la lumie-
re & la conviction dans fon cœur, & il con-
noiffoit la Religion en grand. Il falloit mo-
dérer l'ardeur avec laquelle il travailloit à
fe rendre utile à la fociété, & furtout aux
malheureux. Il difoit, dès l'âge de fept
ans, qu'il vouloit prendre le parti de la
robe pour être l'Avocat des pauvres. La nature fembloit l'avoir deftiné à cette noble
profeffion ; mais une mort inopinée l'enleva
à l'âge de feize ans & fept mois. *Quando
ullum inveniam parem ?*

C iv

vent être réduites en de simples
élémens qu'on peut toujours aug-
menter & refferrer à volonté. J'a-
jouterai qu'il feroit même à fou-
haiter que dans toutes nos écoles,
fans en excepter la Théologie,
on ne donna que des élémens imprimés, fur lefquels les jeunes
gens puffent travailler d'après les
explications des Profeffeurs. Par-
là, dans le même tems donné,
on verroit plus de chofes ; les jeunes Philofophes, Théologiens,
Juriftes & Médecins, auroient
beaucoup plus d'idées claires &
diftinctes, & fe livreroient enfuite,
avec plus de fruit, à la partie qui
leur plairoit davantage.

En Théologie, par exemple,
on verroit les vingt-quatre Traités
en trois ans, & fi trois ans ne fuf-
fifoient pas, on en mettroit qua-

tre. Qu'eſt-il beſoin, après tout ;
d'être Prêtre à vingt-quatre ans ?
On gagneroit par le ſecours des
livres imprimés, le tems que l'on
perd à écrire : il ſeroit arrêté que
les jeunes gens n'étudieroient
point d'autres traités que ceux
que le Profeſſeur expliqueroit. Il
réſulteroit delà un grand bien :
l'enſeignement de la Théologie
retourneroit aux écoles publiques : car il arrive ſouvent que
c'eſt le Répétiteur du Séminaire
qui enſeigne la Théologie : le
Profeſſeur public n'a que des ſcri-
bes. Tous les ans un Profeſſeur
commenceroit le cours , & les
Etudians de la premiere année
ne ſeroient point confondus avec
ceux de la ſeconde & de la troiſiéme. J'indiquerois bien d'autres
réformes à faire en cette partie ;

mais je m'écarterois de mon objet
principal. Difons un mot des écoles de Droit.

Croiroit-on à voir la folitude
qui y régne, pendant l'heure des
leçons, qu'il y a environ trois
cens jeunes gens qui y font inf-
crits pour prendre des dégrés ? En
entendant l'explication du Profeffeur ne s'imagineroit-on pas que
les François portent toutes leurs
caufes au Tribunal de l'ancienne
Rome ? Cette étude eft néceffaire
à une grande partie du Royaume
qui fe gouvernent felon les Loix
Romaines : mais elle eft à peu
près inutile à une autre grande
partie qui ne connoît pas ces
Loix. D'ailleurs comment fe fait
cette étude ? Le Profeffeur vient
aux Ecoles, & il s'y trouve prefque feul ; il dicte, & ce font des

scribes payés par les Ecoliers qui prennent ses dictées ; il explique, & il n'a point d'auditeurs ; on soutient des thèses, & des examens, . . après quoi on délivre des lettres de Bacheliers ou de Licentiers ès loix sur lesquelles on est reçu Avocat, c'est-à-dire que l'on a titre pour remplir des places qui exigent la capacité que le titre suppose & que l'on n'a point. Cet objet mérite l'attention la plus sérieuse de la part de l'Autorité publique, & de l'Université de Paris dans le sein de laquelle ces abus se nourrissent. Je ne prend la liberté de relever ces abus que parce que les Professeurs célébres de cette Faculté ont souvent élevés leurs plaintes sur cet objet, & je ne suis ici que leur interprête. Les Loix sont faites à cet égard ;

il s'agiroit d'y tenir la main. * On a d'ailleurs d'excellens élémens de Droit Civil Romain **, & même de Droit Civil François ; il ne manqueroit que des élémens semblables pour le Droit Canonique & quelque Commentaire imprimé & bien fait à l'aide duquel le

---

* Il y a peu de Professeurs dans l'Université de Paris plus laborieux & plus attachés à leur état que les Professeurs de Droit. Ils marquent le plus grand zéle pour maintenir la vigueur de ces Loix ; mais ce sera toujours inutilement, tant qu'il sera libre aux jeunes gens, qui éprouvent des difficultés de leur part, de se pourvoir aux Facultés de Bourges, de Rheims, &c. La Cour arrêteroit cet abus en ordonnant à ces Universités d'observer les réglemens qui leur sont prescrits.

** Les instlitutes de Justinien sont un modéle achevé d'élémens en ce genre. On y joindroit pour la premiere année de semblables élémens de Droit Canonique. Les deux autres années seroit consacrées au Droit François.

Professeur seroit dispensé de dic-
ter puisqu'enfin les Ecoliers sont
dispensés d'écrire.

Je pense de même qu'il ne fau-
droit que des élémens dans les
Ecoles de Philosophie. Ceux qui
la professent conviendront, sans
doute, qu'ils ne prétendent point
faire des sçavans, mais ouvrir la
porte des sciences ; comme ceux
qui sont à la tête des basses classes n'entendent point faire d'habiles Grammairiens , mais frayer
la route des langues. C'est une
réfléxion que devroient faire
souvent ceux qui se chargent de
l'instruction publique & particuliere. Or, de bons élémens suffi-
sent pour arriver à ce but. On y
joindroit la lecture de quelques-
uns des livres Philosophiques de
Cicéron. Le petit nombre d'éco-

liers, qui aiment la bonne latinité, s'y perfectionneroient; &
plusieurs se reconcilieroient avec
un Auteur, qui n'a encouru leur
disgrace, comme les autres, que
parce qu'il étoit beaucoup au-
dessus des forces de leur esprit ou
qu'il se présentoit à eux accom-
pagné de la contrainte, souvent
suivi de la punition, par consé-
quent toujours redoutable. Au
moins en sortiroit-il des Colléges
un plus grand nombre qui con-
serveroient du goût pour une langue à laquelle ils auroient sacri-
fié la plus belle partie de leur vie.

Une qualité essentielle des bons
élémens c'est d'être courts; & il
ne seroit pas difficile de rendre
tels les élémens de Philosophie.
Prenez les cayers les plus longs
qui se dictent dans nos Ecoles, re-

tranchez en la forme fyllogiftique (le Profeffeur qui y eft le
plus attaché rougiroit d'en faire
ufage hors de fa claffe) ôtez en
les queftions problématiques &
les queftions qui ne vont point
droit au but que telle ou telle
partie de Philofophie fe propofe ;
fupprimez les objections & les
réponfes qui ne font pas autre-
ment néceffaires quand les preuves font bien faites, & qu'on pourroit réferver d'ailleurs pour l'exercice de vive voix ; & je vous af-
fure que les cayers les plus épais
fe réduiroient à un volume rai-
fonnable ; furtout fi l'on ne s'ar-
rêtoit dans la Logique qu'à lier
les principes abfolument néceffaires pour perfectionner le raifon-
nement naturel ; & fi l'on bornoit
la Phyfique , qui n'eft que de

pure curiofité à la feule partie
utile , c'eft-à-dire à la Phyfique
expérimentale. A quoi fert en
effet tout cet attirail fcholaftique
de mots barbares , de diftinctions
ridicules , de divifions minutieu-
fes , de forme fyllogiftique , de
queftions fubtiles , d'obfervations
préliminaires , de fentimens con-
traires expofés & réfutés , d'inti-
tulés qui reviennent à chaque
page : *propofitio : conclufio : pro-
batur : confirmatur : objicies : inf-
tabis : corollarium : fcholium* ,
&c. A quoi fert tout cet appareil
que l'origine Arabe , des Moines
& des Clers ignorans , & fix cens
ans d'antiquité ont confacré , fi-
non à mettre des entraves au génie , à étouffer l'imagination , à
deffécher l'efprit , ou à lui donner
une malheureufe fubtilité qui les

conduit à aimer les paradoxes, à mettre tout en problême, à foutenir le pour & le contre fur les matières les plus décidées, à ébranler jufqu'aux fondemens de la Religion? J'aime à me perfua-der, cher ami, que le phantôme du préjugé va difparoître aujour-d'hui que vous êtes affemblé pour mettre quelque réforme dans les EcolesdePhilofophie. Vousmême, ne vous fentiriez vous point affez de zéle pour propofer de remet-tre la faine raifon en poffeffion du ftile Philofophique, fans craindre les grands mots de Novateur, & de Réformateur? Si cette réfor-me avoit lieu, on trouveroit alors le tems de former le Citoyen & le Chrêtien, ce qui doit être le but principal de toute inftitution. On peut s'en rapporter à cet égard à

D.

à l'Université de Paris, & à ses Professeurs qui écartent autant qu'ils peuvent ces abus & qui les feront bientôt évanouir.

Qu'on ne se rejette pas sur l'impossibilité qu'il y auroit d'exécuter ce projet. Cette impossibilité n'est qu'imaginaire. Une Philosophie élémentaire à peu près telle que je la suppose, existe dejà. Il y a plus de 20. ans qu'un savant Allemand s'est chargé de ce travail ; son livre, qui est d'une belle latinité, forme un seul volume in-8°. de 690. pages imprimé pour la deuxiéme fois à Leipsic en 1746. Il a pour titre : *Initia solidioris doctrinæ*, & comprend ce qu'il est nécessaire qu'un jeune homme sache des cinq parties de Philosophie. Cet ouvrage a eu un tel succès qu'il

a été adopté dans les Ecoles
de plusieurs Univerſités d'Alle-
magne, dans les Etats du Roi
d'Angleterre, & dans les pays de
de la domination du Roi de Po-
logne. Ce ſeroit un excellent modéle pour ceux que l'Univerſité
de Paris chargeroit de former un
corps de Philoſophie commun à
tous les Colléges de ſon reſſort.

Au reſte ſi dans l'eſpace de
deux ans on ne trouvoit pas le
temps de donner quelqu'étendue
à un corps de Morale priſe en
grand, quel inconvénient y au-
roit-il de retenir la jeuneſſe deux
ans de plus dans nos Ecoles ? Les
Parens dont la plûpart ne cher-
chent qu'à ſe debarraſſer de leurs
Enfans comme d'un fardeau in-
commode, les jettent de ſi bonne
heure dans nos Maiſons qu'ils ar-

rivent au terme de leurs études
à 17 ou 18. ans, & quelquefois
plûtôt. Que s'enfuit-il ? Un grand
nombre entre chez le Procureur
pour prendre , dit on , une tein-
- ture des affaires (plût - à - Dieu
qu'ils n'y en priſſent point d'autre)
quelques uns ſe retirent chez
leurs Parens ; d'autres ſe logent
en chambre garnie ; & preſque
tous ſe perdent ſans reſſource.
Faut-il s'en étonner ? Elevés plûtôt pour vivre chez les anciens
Romains avec qui ils ſe ſont fa-
miliariſés dès leur jeuneſſe , que
chez les François dont ils ignorent
les mœurs & les uſages,ils entrent
dans un monde qui leur eſt tout
nouveau , & dans lequel ils ſont
tout-à-fait étrangers. Ils y portent
du Grec, du Latin , un peu de
Philoſopie Scholaſtique, tous jar-

gons que le monde méprise. S'ils
font naturellement présomp-
tueux, ils croient effacer le ver-
nis de Collège en affectant de
grands airs & des phrases qui sen-
tent encore l'amplification ; s'ils
ont une modestie naturelle, elle
va jusqu'à une ignoble timidité,
& ils restent muets jusqu'à ce que
quelqu'un ait la charité de leur
rappeller les jeux & les occupa-
tions du Collége pour les tirer de
leur létargie. Tout les frappe &
tout les séduit dans ces premiers
momens, parce qu'ils n'ont aucu-
ne regle pour apprécier les choses & pour juger les hommes.
L'air de la liberté qu'ils respirent
leur fait tourner la tête. Ils prennent pour bon ton, l'étourderie
du petit maître, l'air mysterieux
du politique, le luxe impertinent

dès gens de fortune, les rodomon-
tades des faux braves, le ton décidé du fat, les petits soins & les
équivoques legeres de l'homme
de toilette, la médisance du Mi-
santrope, la frivolité des gens oi-
sifs, les sentences impies des pré-
tendus Philosophes, les railleries
indécentes du libertin, &c. Un
jeune homme composé de tous
ces ridicules se prétend homme
d'esprit & de bonne société; il
rompt tout commerce avec ses
anciens Maîtres, qui ne sont plus
que des imbéciles à ses yeux, &
s'il reparoît parmi ses camarades,
ce n'est que pour leur inspirer la
dissipation, l'ennui & le dégout
du travail, pour ne rien dire de
plus. Son esprit & son cœur ou-
verts de tous côtés à la séduction,
& l'impétuosité des passions de cet

âge l'entraînent d'abîmes en abîmes: le moyen qu'il en soit au-
trement ? Ce sont les femmes qui
achevent l'éducation en France.
Les Maîtres & les Parens gémif-
fent également sur le malheureux
fort de cette jeuneffe, & les Parens
& les Maîtres en sont également
coupables. Les Parens précipitent
les études de leurs Enfans, après
quoi ils les abandonnent à eux-
mêmes, sous prétexte qu'ils sont
raifonnables, & qu'il leur eft néceffaire de voir le monde. Les
Maîtres, ou ne donnent aucuns
principes de Morale *, ou les donnent fans difcernement, fans ordre, fans fuite ni liaifon & par con-

---

* On fent bien que je ne parle point ici
des inftructions qui forment le Chrétien, je
ne parle que de celles qui forment le Citoyen.

féquent fans fruit. Les uns & les autres font furpris enfuite, qu'un jeune homme fe perde : Soyez donc furpris, leur dirois-je, qu'un vaiffeau battu des vents en pleine mer, fans ancres, fans pilotes, toutes fes voiles tendues, foit enfeveli fous les flots.

Il y auroit peut-être quelques moyens de parer à ce malheur qui eft de la derniere conféquence pour un Etat : ce feroit d'abreger l'intervalle de la fortie du Collége à une profeffion ; pour cet effet, on pourroit fixer un âge en deçà duquel un Enfant ne feroit point admis à commencer les études publiques ; il y gagneroit encore d'ailleurs, fon tempérament feroit plus formé, & il apporteroit plus de jugement dans les claffes fupérieures où cette partie eft

eſt ſi néceſſaire, & où elle manque ſouvent par la légéreté & le
peu de conſiſtance de l'eſprit. On
pourroit encore obliger les Parens
de mettre auprès de leurs Enfans,
après les études, un homme ver-
tueux & éclairé qui eut quelqu'expérience du monde. Il ſeroit l'a-
mi & le compagnon de ſon Éléve. Il ſauroit remplir les vuides
de la journée par des connoiſſan-
ces utiles & relatives à ſon état
futur. Il l'inſtruiroit des bienſéan-
ces. Il le conduiroit dans le monde, même aux ſpectacles * ſi on

* Je dis aux ſpectacles ; puiſqu'enfin c'eſt
une malheureuſe néceſſité que les jeunes gens
les connoiſſent, ne vaudroit-il pas mieux
qu'ils y allaſſent en la compagnie d'un
homme inſtruit & prudent qui ſauroit les
en éloigner peu à peu par de bonnes raiſons placées à propos, plutôt que d'expoſer
un jeune homme à s'y trouver ſeul, ou avec
des gens qui lui en inſpireront l'amour, lui

E

l'exigeoit de lui , il lui fourniroit
d'abord les occasions de parler
avec une honnête confiance; d'un
ton naturel & en des termes convenables ; pour lui être plus utile,
il l'abandonneroit peu à peu à lui-
même sans le perdre de vûe ; il
le livreroit quelquefois à des so-
ciétés de confiance. Il auroit grand
soin de profiter des compagnies
qu'ils auroient vues ensemble ,
pour en observer, sans malignité ,
le ton , les manières , le caractére
des personnes , selon les âges ,
la profession &c, leur trempe d'esprit & une infinité d'autres choses qu'il est plus aisé d'exécuter
que de mettre sur le papier. Sur-

en donneront des idées fausses, & diminuerent
à se yeux l'horreur des vices que le théâ-
tre préconise; & du péril que l'innocence y
court.

tout il ne brufqueroit point les paffions naiffantes du jeune homme, mais il y appliqueroit par degrès tous les remèdes convenables au caractére, & il n'oublieroit jamais qu'il eft l'ami de fon Eléve.... Mais il n'y auroit que les perfonnes aifées qui puffent foutenir cette dépenfe.

J'en reviens à defirer que l'on prolongeât les Etudes de deux ans, & cet efpace feroit rempli par un cours de Morale. Ce moyen eft bien plus fimple. On n'admettroit à aucun emploi public que ceux qui prouveroient avoir affidûment fréquenté les Ecoles de Morale pendant ce temps. Ceux qui fe préfenteroient à la Maîtrife-ès-Arts feroient tenus d'être bien inftruits de cette matière. *

* Autrefois un Maître-ès-Arts devoit

E ij

Alors le Miniſtère public feroit aſſuré qu'un jeune homme n'auroit reçu que des principes exacts & conformes à la conſtitution de l'Etat. On ne verroit plus tant de François déchirer notre gouvernement qu'ils ne connoiſſent point ou qu'ils connoiſſent mal. A en juger par les propos téméraires, je dirois preſque féditieux de ces fortes de gens, il ne leur manque qu'un uniforme à la Pruſſienne ou à l'Angloiſe pour être entiérement Anglois ou Pruſſiens.

être un homme capable d'enſeigner les Arts libéraux : ſavoir la Grammaire, la Rhétorique, la Dialectique, l'Arithmétique, la Muſique, la Géométrie & l'Aſtronomie. On voit encore par la forme des examens de nos jours qu'il faut ſavoir les Humanités, les Mathématiques & la Philoſophie : mais on fait pourquoi ce dégré eſt aujourd'hui ſi avili. C'eſt un objet qui devroit occuper l'Univerſité de Paris.

Il est étonnant combien ces dis-cours débités avec assurance, & les lectures des traductions de l'Anglois font de Proselytes par-mi la jeunesse ! L'Autorité publi-que a donc grand intérêt d'éta-blir cette loi ; & l'Université de Paris se feroit gloire de la met-tre à exécution.

Il m'étoit venu d'abord en pen-sée qu'on pourroit commencer cette étude de Morale dès les basses classes, & la continuer jus-qu'à la fin de l'éducation, en lais-sant les classes du matin au Grec & au Latin, & consacrant celles de l'après-midi à la Morale à la-quelle on joindroit l'Histoire : car je ne peux me persuader qu'il faille employer sept ou huit ans à l'étude d'une langue morte pour entendre les Auteurs qui ont écrit en cette langue. Mais on tient trop aux préjugés. J'ai entendu des gens me dire : nos peres qui ont formé le plan actuel des études étoient-ils des sots ? Peut-être n'étoient-ils pas fort habiles. Ce qu'il y a de certain c'est qu'ils l'ont formé dans un tems où l'on ne songeoit qu'à faire des Moines ou des Prêtres, & dans ce tems on plaidoit en Latin, on prêchoit en Latin, les actes publics se rédigeoient en Latin, on ne pouvoit voyager sans sçavoir le Latin, ou sans se faire accompagner d'un *Latinier*. Il falloit de toute nécessité entendre, écrire & parler cette langue. » Depuis le renouvellement des » études, dit M. Fleury, on a plutôt augmenté que changé ce » plan, & l'on a voulu tout con-

» ferver. Ainſi s'eſt formé peu à
» peu & par une longue tradition,
» ce cours d'études qui eſt en uſa-
» ge dans les écoles publiques. »
Les circonſtances étant ſi différentes, quelle raiſon avons nous
de conſerver religieuſement un
plan qui n'a plus la même utilité ? L'Architecture gothique eſt-
elle encore en uſage ?

Il ſemble que l'Univerſité de
Paris commence à ſe départir
de ces vieilles idées puiſqu'elle
a décidé, dit-on, que les Pro-
feſſeurs enſeigneront dans leurs
claſſes l'Hiſtoire, & la langue
Françoiſe. On a même agité ſi
l'on feroit encore des thêmes
dans les baſſes claſſes. Qu'eſt-il
beſoin en effet de mettre les enfans à la torture en les obligeant
d'écrire déteſtablement dans une

langue qu'ils ne connoiſſent point ,
qu'ils ne parleront point la plûpart, & dans laquelle ils n'écri-
ront peut-être jamais. Ne revien-
dra-t-on point de la fauſſe per-
ſuaſion où l'on eſt , que les traductions de Latin en François
ſoit de vive voix , ſoit par écrit
ne ſuffiſent pas pour mettre en
état d'entendre une langue morte , en joignant à ces traductions
des obſervations continuelles ſur
le tour & le génie des deux langues , ſur le choix , la force &
l'arrangement des mots , &c ? J'en
dis autant de la Poëſie latine ,
quant à la compoſition. L'explication des Poëtes Latins & François , dans laquelle on feroit aſſi-
duement remarquer le caractère
diſtinctif de la Poëſie & de la Proſe,
l'imagination , le feu , le génie ,

la verſification du Poëte, ſon co-
loris, les nuances de ſes couleurs,
la délicateſſe, la vérité & la force
du pinceau avec leſquelles il ſai-
ſit & repréſente la Nature, l'en-
ſemble de ſes tableaux ; croit-on
qu'une telle explication, qui ap-
partient plus particuliérement à
la claſſe de Rhétorique, puiſque
la Poëſie eſt la plus belle partie
de l'éloquence, ne produiroit pas
des effets ſurprenans ſur ce petit
nombre d'ames privilégiées pour
leſquelles la Nature eſt prodigue
d'elle même ? Ces retranchemens
laiſſeroient un grand vuide qu'on
pourroit remplir plus utilement.
Ajoutez-y le tems que l'on gagneroit encore en diminuant le
nombre des jours de congés qui
ſe montent à cent quatre-vingt
pour le moins ; c'eſt-à-dire à ſix

mois , y comprenant vacances , fêtes , dimanches & congés de la semaine ; (je ne mets pas en compte les congés extraordinaires) & vous verrez que l'étude du Latin ne souffriroit guéres & occuperoit encore la meilleure partie de l'année , si l'on donnoit les classes du soir à l'étude de la Morale.

Voilà ce que j'avois à vous dire, mon cher Ami , de la nécessité indispensable d'introduire l'étude de la Morale prise en grand , dans l'éducation de la jeunesse, & de la manière de le faire. Puisse ce foible essai , que vos instances réitérées m'arrachent, donner des idées plus heureuses à ceux à qui vous avez dessein de le communiquer , & leur faire sentir que , priver les jeunes gens de la seule science qui puisse aſſurer leur bonheur & le bonheur public, c'eſt trahir les intérêts du Prince & de la Société, de la Patrie & de la Religion.

Je ſuis, &c.

P. S. En reliſant votre lettre, mon cher Ami, j'y vois que vous êtes diſpoſé à me demander quelque jour le plan de Philoſophie que je me ſuis fait ; & je ne pourrai vous le refuſer. Je vous préviens donc, en vous en donnant un précis très-court. Je vous prie de vous en contenter & de ne point m'obliger à vous écrire encore auſſi longuement que je le fais aujourd'hui.

La Nature offre d'abord à nos fens & à nos befoins les objets extérieurs, c'eft à-dire, les corps : & c'eft ce qui nous occupe le plus depuis le berceau jufqu'au tombeau : *fcience des fens :* premiè- re Partie.

Ce qui nous frappe le plus, après les objets extérieurs, c'eft le rapport des hommes, qui nous adminiftrent ces objets, avec nous qui les recevons de leurs mains : *Science des Mœurs :* deuxiéme partie.

Ce qui nous affecte le moins, quoiqu'au dedans de nous, ce font les opérations de l'entendement, parce qu'elles demandent pour être apperçûes, des réflexions plus fines : *Science de l'Entendement :* troifiéme & dernière Partie.

Ce que nous appercevons pre-
mièrement, le plus souvent, &
le plus distinctement, c'est l'uni-
té, le nombre, & la grandeur
absolue & rélative des corps: *Ma-*
thématiques : première partie de
la Science des sens. Il n'y a pas
d'homme si grossier qui n'en ait
quelque notion pratique ; perfec-
tionnons ce que la Nature a com-
mencé.

Tous ces corps répandus dans
l'Univers sont destinés à nos besoins & à nos plaisirs : quelle est
donc leur nature, quelles sont
leurs propriétés, leurs effets, &c.
Physique, deuxiéme partie de la
Science des sens.

Commençant toujours par ce
qu'il y a de plus connu, comme
le plus intéressant, pour arriver
à ce qui est moins connu : *exté-*

rieur ou *furface de la terre* ; comme, Jardinage , Agriculture, Plantes , Prairies ; Bois ; Animaux ; Eaux ; Mer ; Commerce ; &c. première Partie de la Phyſique.

Intérieur de la terre ; : Grains de terre, Couches , foſſiles , &c. deuxiéme partie.

De l'Air ou Atmoſphère , &c. troiſiéme partie.

Du Ciel , quatriéme Partie.

Des Corps en général , cinquiéme Partie.

Du Monde en général , ſixiéme Partie.

Anatomie de l'Homme , ſeptiéme Partie.

Concluſion : *Dieu créateur, moteur & conſervateur de l'Univers, preuves Phyſique & Géométrique de ſon exiſtence :* tout eſt pour l'Homme, & l'homme pour Dieu.

Sciences des Mœurs : voyez cette Lettre.

Je raméne l'Homme aux objets fenfibles , non plus pour en combiner les figures & les rapports ; ni pour rechercher leurs effets , leurs propriétés, &c , ou fuivre & developper les mouvemens que leur impreffion fur les fens font naître dans le cœur ; mais pour examiner la nature de cette impreffion qu'ils ont faite fur les *fens* , fur *le cœur* , & fur *l'efprit.*

Nous verrons que cette triple impreffion produit des *fenfations,* des *fentimens* , des *idées :* leurs efpéces, leurs effets, leur nature *Manière de généralifer fes idées :* Origine de nos connoiffan-

ces, première Partie de la science
de l'entendement.

On se sert d'expressions pour
faire connoître aux autres ses sensations, le sentiment, ses idées:
*nature, espéces & usage des ex-
pressions dans la Philosophie, dans
l'Eloquence, dans la vie civile,
relativement à cette triple impres-
sion; deuxiéme Partie de la science de l'entendement.*

Pour se faire entendre, il faut
prononcer sur la convenance ou la
disconvenance que nous appercevons dans nos *sensations*, dans
les *sentimens du cœur*, dans nos
idées: Esprit de comparaison;
mais comme il est d'expérience
que l'homme se trompe; pour ne
point tromper les autres, il faut
qu'il aille au devant de ses erreurs
& qu'il apprenne à suspendre son
jugement:

jugement : *Manière de nous assû-*
rer de la vérité de nos connoissan-
ces, rélativement à la *Philosophie*,
à l'*Art oratoire*, & à l'*usage de la*
vie civile : troisième partie.

Nous énoncons ensuite notre
jugement : *Propositions :* Propo-
sitions Philosophiques que nous
amenerons par dégrès aux *pro-*
positions oratoires, ou *phrases &*
périodes : quatriéme Partie.

Il faut déduire les propositions
les unes des autres : *Esprit de com-*
binaison : Principes & conséquen-
ces : Idées intermédiaires : Appli-
cation aux preuves des Philoso-
phes, *aux discours des Orateurs.*
Exemple de ces derniers : *le Plai-*
dôyer pour Milon réduit à une
seule proposition développée suc-
cessivement & par ordre ; cinquiéme Partie, où se verra *la manière*

E

de faire de bons extraits.

La progreſſion, l'arrangement & le mélange bien ordonné des *ſenſations*, du *ſentiment*, des *idées*, des *propoſitions* & des *raiſonne-mens*, forment les ouvrages Phi-loſophiques, les ouvrages de goût, les ouvrages moraux &c. *manière d'en bien juger*, &c. ſixié-me partie.

Je réunis, comme vous voyez, deux objets naturellement liés, la Logique & la Rhétorique, qui ne ſont autre choſe l'une & l'autre que l'art de perſuader. Socrate eſt le premier qui les ait ſéparé, *cùm veteres dicendi & intelligendi mi-rificam ſocietatem eſſe voluiſſent. Cic. de Orat. L. 3. N. 73.* Il ſe-roit trop long de vous rapporter toutes les raiſons que j'ai de faire cette réunion; vous pouvez les ſentir.

Ce plan vous paroitra peu de chofe, cher ami, & j'avoue qu'il peut être tel : mais fouvenez-vous bien 1°. que j'ai cherché à être court, au rifque d'être un peu obfcur. L'édifice ne vous préfente encore que les principales piéces de charpente. 2°. que ce plan eft tracé pour des jeunes gens qu'il faut conduire infenfiblement, & non jetter tout à coup des campagnes riantes des Humanités dans les déferts arides de la Philofophie. 3°. j'en dis autant du plan de morale, quoique plus détaillé, j'ai cherché à le proportionner à la foiblefle des enfans, qui fe regardent comme le centre de l'univers, & qui ne penfent, pour ainfi dire, que par les fens & par la privation. La feconde partie de cette morale, que j'appelle morale furna-

turelle, ou évangélique, épurera
bien ce que le principe que je
pose peut avoir de defectueux.
Renouons, quand vous le pour-
rez, nos conférences du jardin
du Roi, vos lumières répandrons
du jour fur mes idées.

Ce 30 Oct. 1762.

_____

APPROBATION.

J'AI lû par ordre de Monſeigneur
le Chancelier *Lettre de M*** à M.
l'Abbé **, Profeſſeur en Philoſophie;*
Ouvrage ſage, méthodique & bien
écrit, & je crois qu'on peut en per-
mettre l'impreſſion. A Paris, ce 31.
Octobre 1762. MARIN.

Texte détérioré — reliure défectueuse

NF Z 43-120-11